イカロス選書

句集

椿垣

大坪景章

文學の森

椿垣

目次

装丁　井筒事務所

椿垣

つばきがき

熟れ棗

平成八年〜十三年

水取の焦げし杉葉を拾ひをり

石庭をむささびとべり春の夜

宮岡計次氏逝く

握手の手離さざりしよ桃の花

せんだんの花の盛りの空にごる

青梅は沈み青柿流れゆく

為朝の墓は藪蚊の巣でありし

まつしぐら瀧のしぶきへ岩燕
一本の白樺高き花野かな

一枚の桜紅葉が海に浮く

御前に栗落つ白山本地仏

立冬の日を吸ひ込めり蟹の穴

鵜の潜り鴨の浮寝を乱さずに

子狸に替はりてゐたり證誠寺

うぐひすや跣足踏み出す一遍像

四万十の水の瑠璃いろ猫柳
対岸は桃の花咲く沈下橋

沢木先生

退院を京筍にて祝ひけり

綾子先生逝く

音もなく枝を離るる朴一葉

銀杏の実八大龍王打ちにけり

堀古蝶さん逝く

鶏頭の茎真つ直ぐに倒れけり

初茜波の秀に乗るゆりかもめ

伊賀

国分寺址へ畦焼くけむりかな

永観堂

梅が香や等伯の虎立上がる

富士塚を上り下りして猫の恋

鰡の子の泡立つ八十八夜かな

蘆の露とばして鳴けり行々子

赤米植う荒神さんの水引いて
芭蕉布を衣桁に掛けて綾子の間

戦没画学生の遺作

線稚き妻の裸体や新松子

稔り田や墓を抱きし散居村

秋晴や襖はみ出す志功の松

酒提げて訪へり無月の誕生日

昆布締めの刺身を父に十三夜

黄葉して枝を伐られし桂かな

小春日の砂しなやかや九十九里

荒鋤きの土くれなゐに初日受く

焼畑の跡に春蘭萌え出でし
青梅に青き滴の一つづつ

『常住』出版記念会

祝ぎごとや夏野の花を胸に抱き

相馬路は馬の匂ひや凌霄花

野馬懸の法螺に葦毛の足搔きかな

苦瓜の花に夕月上りけり

日向より濃かり日蔭の実むらさき

朝顔の種拾ひをり誕生日

空也忌や夕映あはき小松原

大寒の渚に沁みる夕日かな

冬萌や砂に埋もれし海女の塚

口能登　二句

残雪に葛の太根を積上ぐる

寒の日をはじけり葛の漉し袋

琵琶を抱く飛天にやさし雪雫

沢木先生

まんさくや髭の病人明るかり

姨捨の棚田に雪の別れかな

蛇の衣上半分は穴の中

志城柏氏逝く

雨の夜の屋根に杏の落つる音

父の日と言ひて虎魚の刺身食ふ

蔓荊（はまごう）

灼け砂に達治名付けし馬鹿の花

袋より白桃のぞく吉備路かな

父の忌の朝に鳴く虫ありにけり

函館

山葡萄こぼるるロシア領事館

欣一坐禅句碑

裏山の鶫降り来し句碑びらき

あすなろの苗に海よりしぐれ来る

浪江啓子さんモスクワへ

冬帽を赤の広場に揚げられよ

潮汲みの径たんぽぽの返り花

竹筒の青に開きし寒椿

ふぐと屋の裏は野梅の花ざかり

補陀落の海より来たり初燕

大瑠璃の鳴きながらとぶ那智の瀧

麦秋や一縷の水の思川

父の日にどぜう蒲焼供へたし

鶏頭の苗に花芽や綾子の庭

摩周湖の晴に逢ひたり花さびた

眼前の国後青し昆布干す

沢木先生　二句

小机に桃のひと切れ病み給ふ

女郎花あまりに淡し病む人に

熟れ棗落つるにまかせ風木舎

玄関に林檎のかをり誕生日

沢木先生逝く　二句

晩菊や絶筆となる無の一字

喪の庭の黄を極めたる冬の柚子

雪螢

平成十四年〜十九年

着ぶくれの女取巻く氷室小屋

念仏を唱へ氷室に雪を詰む

震へつつ熊汁に舌焼きにける

雪詰の氷室に供ふ塩と米

水門を全開にして春立てり

雛流す男波女波を見定めて

流し雛水上バスの辺に集ふ

花冷に鬼哭くごとく釜鳴れり

風鐸の音の澄みゐたり桃の花

蛇のぼる水木の肌のつやめきぬ

かがやきてくちなは枝を移りけり

竹生島　三句

下闇に白蛇のごとく女消ゆ

先師を偲ぶ

木に上る魚の気色にとぶ鵜かな

涼しさや金輪際より生れし島

香林坊借着のセルで流しけり

八月十五日

片蔭に老夫婦坐す九段坂

自祝

壇上に金婚五組吾亦紅

天霧らふ筑波の裾に籾を摺る

男女峰ともに尖れる寒露かな

金水引したたるばかり御幸ヶ原

風花も黄葉も舞へりダムの上

床叩く蹄の音や大旦

ひげ剃ること忘れバレンタインの日

伊豆にて同人会総会

土筆摘む沖縄びとと蝦夷の人

どれよりも高きは赤のチューリップ

初夏の能登より届く虎魚かな

熊出ると銃立てかけて蝮酒

青梅雨の大聖堂にただひとり

土用灸据ゑ来し妻の早寝かな

遊行忌や砂が砂追ふ九十九里

金沢　二句

初鴨の寄り来る友禅流しかな

枯蔓のむかごとび散る師の旧居

那谷寺

雪螢胎蔵界のみほとけへ

寺の子　五句

取替へし燈芯匂ふ大晦日

大鏡餅のぬくみを指先に

元朝の目覚めの団扇太鼓かな

井戸端に九字切る父の息白し

割烹着はづせし母の春着かな

初詣帰りよき顔ばかりかな

笹鳴や水ほとばしる化粧坂

春立つや縞のおしやれな胡桃の木

底なしの空へ沈みし雲雀かな

大提灯はづして三社祭来る

松蟬の声満身の峠みち

ぶつかりし蟻のどちらも引返す

帰省して母と臍の緒見しことも

立浪草群るる峠に市立てり

中山純子先生の句碑落成に

吹かれゐる東籬の菊も浄土かな

諏訪さまの参道男郎花ばかり

葛飾の萩しなだるる重さかな

蓑のなき鬼の子吹かる古戦場

アフリカの青年浅蜊洗ふ秋

雀来る庭に苺の返り花

あるじなき玄関を打つ朴落葉

医王山に初雪来たり馬当番

声立ててねんねこ笑ふ鬼子母神

白梅や荒行終へし髭の艶

辻通男氏逝く

常世とやバレンタインの日を前に

春節や跳ねる少女の赤マント

赤は上白は裾なる椿垣

燕来てよりの寒さよこの三日

ぎしぎしの花や沖ゆく赤い船

透明の傘に夕立の脚を見る

ヒロシマやしいしいと鳴く朝の蟬

昼寝覚頭の中を蟬が鳴く

望の夜に猪二十まり捕へしと

名月やどこかで雉の呼ぶ声も

みづうみに女ごゑする良夜かな

初物の柿食ふ猿の顔をして

土舐むる蝶の小春よ欣一忌

在りし日を偲ぶ

欣一と一つ炬燵のコップ酒

あるがまま枝を離るる落葉かな

手術室出て鈴蘭の香と思ふ

退院の夜は筍の刺身かな

父の日に白靴もらひ疲れたり

睡蓮は池のどこかを空けてゐる

幼な子のどの拳にも木の実かな

初めての補聴器秋の姦しき

とんかつに醬油ぼとぼと欣一忌

赤んぼに見つめられゐる小春かな

地下街をあるくたのしさ冬の雨

万物を一瞬に消す大初日

朝刊のひとりの時間女正月

一斉に入日へ泳ぐ春の鴨

梅漬けし瓶の深紅に掌を合はす

落蟬の飛んで再び落ちにけり

秋澄むや翡翠の色の鴉の目

初物や親子三人柿一つ

欣一忌

かあさんと呼ぶ声今も秋海棠

風木舎深紅の秋のばら一つ

ずわい蟹とどきぬ結婚記念の日

白きさくら

平成二十年～二十四年

大初日このうつし世を呑みつくす

半眼の易者に梅のひらきけり

妻の肩叩けば藤のかをりかな

爆音にこぞりて立てり松の芯

三澤たきさん

祭くる百八歳の大往生

青梅雨や無能無才にして煙草

妻病んで朝顔市にひとりゐる
触るること拒む白桃たれのもの

木暮剛平氏逝く

ふだん着で旅立たれしか石蕗の花

初夢や父の読経のしはぶきを

大初日厩の埃燃え立たす

寒靄や少女の拍車きらめきて

菜の花や上総の海のアンダンテ

鶴岡市で同人会総会

花人を離れてひとり土筆摘む

うをのめに目玉二つや沖縄忌

向日葵の熱き視線にうろうろす

端溪を洗ふ真贋どうでもよし

晩年の沢木先生

虫すだく雨戸を引きつなんまんだぶ

へなへなと閻魔の前へ冬の雨

数へ日の柚子の黄まぶし颪木舎

夫立ち妻膝をつく障子貼

おうおうの応へ二日の師匠かな

激論となる初春のコップ酒

年酒の名上善《じようぜん》如水《みずのごとし》とか

普天間より鬼餅来たる吊るさうぞ

妻の手に母の匂ひの灌仏会

新宿にて「風」の会

短夜の夢の欣一髪黒し

父の日のベルトがかくも長きとは

白南風やひらめのやうに行く女
草の葉に草より青ききりぎりす

滝沢伊代次先生急逝

伊予を次と名乗りて秋を逝かれしか

大いなる落栗二つもらひけり

嵐山の丘にひろがる藍の花
鳶の真似上手な鴉文化の日

無と書いて瞑りたまひし冬日燦

落葉焚く声欣一と思ひけり

あはあはとしてきつぱりの空小春

初日いま雀のさわぐ九十九里

てふてふのやうな雪くる女正月

菜の花の沖に満月上がりけり

東日本大震災　五句

難民のごろ寝のひとり春寒し

地震の子の卒業式の写真かな

余震また畑の崩れに初の蝶

満開の桜のもとの余震かな

さくらさくら白きさくらや地震の年

くちなはが桜の瘤を抱きたり

生き延びて大夕焼に焼かれたる

おけら道雨に泰山木の花

野分去りうなづきあへる草と土

恐ろしき雲原爆忌過ぎてより

あの日より日記は白し秋の風

師と別れ十とせの秋の行かんとす

卓上に欣一の白曼珠沙華

小菅高雪兄逝く

共に餅搗きたかりしを断腸花

一枚を着たり脱いだり十一月

気合一声荒行寺の寒鴉

寒行と言うて選する四千句

しほさゐの優しき日なり椿垣

サックスの女と春のエレベーター

刃渡りのほのかな紅や菖蒲太刀

いつまでも屈みゐし師よかきつばた

唐崎の松ぼろぼろとさみだるる

句碑立つ　二句

妻の句も入りし句碑立つ晩夏かな

みづうみを眼下に句碑の涼しさよ

情なやこの秋にして師の墓参

秋彼岸へ大音声の寿量品

赤とんぼ去らず読経の終りても

身に入むや十歩となりし色ヶ浜

安産の宮の猪垣繕へり
補聴器も眼鏡も要らずこの秋天

十三夜八十八の誕生日

幾とせぞ十一月の別れより

欣一忌

この年も肺炎といふ冬が来し
入院や船橋に見る雪の富士

くちなしの実の口ひらく小春の日

通院や妻は羽子板市の人

花の奥

平成二十五年〜二十八年

筑波山

初日出づ雲の横皺呑み込んで

沖縄の砂糖菓子なめ春立てり

堅香子の花よかうべを上げたまへ
胃を切つて迎へし八十八夜かな

向日葵のはじめもつとも大きかり

青柿の雫をもらふくわりんの木

点滴と選句の一と日震災忌

執りし手に執られてゐたり秋夕焼

コスモスに遊ばざる風あるものか

欣一と綾子の晴や十一月

綾子先生へ

墓地の隅かがやく十一月の柿

一番は雀初日の九十九里

乱世の大雪となる毘沙門天

雪しろの残れる友禅流しかな

幻か三保の霞に富士浮かぶ

養生の天女の松や浜あざみ

闊歩せり並木は花の山法師

青やよし柿と榠樝が枝交し

中山純子先生告別　二句

蟬よなくな師とお別れの卯辰山

お盆には会はむと言ひて逝き給ふ

船橋大神宮

秋寒の灯明台に火を入れよ

鬼の子の国あるごとく集まれる

白鳥の声に覚めたり越の宿

あれこれとアイロン天皇誕生日

いい日だな天地晴朗寒の入

奥さまはグレイ一色初稽古

如月や昼の満月見る鴉

活けられし河津桜の枝ごつごつ

野あそびは赤い土より黒い土

落ち場所を探してをりぬ八重椿

椿とぶ風かおしゃれか高齢か

九十の坂にかかかりぬ花通草

ひなげしの茎の細さが気になりぬ

一八を見てゐる粋な鳥かな

ネクタイを捨てて久しやさくらんぼ

さくらんぼ嫌ひの妻よありがたう

向日葵の向きそれぞれの夕べかな

九十の迷子や四万六千日

耳しひの的中の音聞く秋ぞ
銚子ならよろしい今日もまた秋刀魚

縄文の発掘決まる芋畑

母貧しけふも冬瓜《かもり》のあんかけよ

遅れたる両師の墓参百舌飛べり

だいだいの転がる路地やまた一つ

わが墓に南天の実の凍て付きぬ

豆まきや俳句事務所は寺の町

美しき雨を湛へし落椿

春一番一本松が呼んでゐる

毎年となる病院の花の窓
鶯が来てまともとなりし桜かな

若蘆の吸ふ吐くの息音立てて
散る桜走るばかりの能なしか

夢の金沢　五句

九十を越え産土の花の下

花びらの止まるところ決まりゐて

満開のさくら犀川浅野川
重なれる蝶や約束あるごとく

もやがかる医王戸室や花の奥

種となる虞美人草の哀れかな

あと三日わが病院のこの桜

退院の朝高だかと朴の花

句集　椿垣　畢

あとがき

房総半島には椿垣が多い。なぜか私にはよい答えが出来ないが、房総でなくとも、青森県あたりまでの海岸沿いに椿が植えられるようだ。

椿は「花」の木で大きく育ち、見るからに力のある木ではある。そして枝が広がり、風や雨に強い。風に強い、ということは、海からの強い力に対し、少しも屈せず美しい花を咲かせて、しかもその内側を守る役割を十分に果たしてくれる、ということである。

朝の食卓の一輪の椿の美しさは、他の花では求められない。その花が垣根の中心となって、私たちの生活を守ってくれるという、自然の強さを、ひしひしと感受させてくれることに、私たちが全幅の敬意を払うのも、当然のこと。「美しさ」というものは、たんに表面のことではない、ということも示してくれる。

そして、その花は花びらとして散るのではなく、花として落ちるのだ。

椿というより「椿垣」として親しまれることに、私たちは神の差配を感ぜざるを得ない。房総の椿は「椿の花」「椿の木」ではない。房総を守る自然からの賜り物である。

この度、「万象」の皆さんのお力添えで、『椿垣』と題した句集を刊行する事になった。心からの感謝に堪えない。

「風」の詩精神を継いで「万象」が誕生して十五年、この間、私の暮らしの軸はいつも「万象」にあった。十五周年を節目に、二代目の主宰を退任することになったが、これで皆さんと離れるわけではない。これからも、皆さんと一緒に、元気に俳句を楽しみたい。

「万象」と共に。

平成二十八年九月

大坪景章

著者略歴

大坪景章（おおつぼ・けいしょう）

大正13年　金沢市生まれ
昭和22年　京都帝国大学法学部卒業
　　　　　中日新聞社入社
昭和53年　新聞三社連合事務局長
昭和55年　「風」入会、沢木欣一・細見綾子に師事
昭和58年　「風」同人
平成３年　「風」45周年記念賞文章の部受賞
平成６年　「風」賞受賞
平成14年　「風」終刊
　　　　　「万象」創刊発起人、万象作品選者
平成20年　「万象」主宰

句集『常住』、評論集『俳句は眼前にあり』
俳人協会評議員

現 住 所　〒273-0001
　　　　　千葉県船橋市市場 4-1-1-607

イカロス選書

句集　椿《つばき》垣《がき》

発　行　平成二十八年十月二十七日
著　者　大坪景章
発行者　大山基利
発行所　株式会社　文學の森
〒一六九-〇〇七五
東京都新宿区高田馬場二-一-二　田島ビル八階
tel 03-5292-9188　fax 03-5292-9199
e-mail mori@bungak.com
ホームページ http://www.bungak.com
印刷・製本　竹田　登

ISBN978-4-86438-595-4　C0092